20'433

Ie

ANACRÉON, CITOYEN·

(par Dorat)

A AMSTERDAM,

Et se trouve A PARIS,

Chez MONORY, Libraire de Mgr le Prince de Condé, rue & vis-à-vis la Comédie Françoise.

M. DCC. LXXIV.

CE Conte eſt déjà ancien. L'éditeur n'a fait qu'y changer quelques expreſſions qui avoient vieilli. Il a été trouvé dans les papiers de ce célebre Desyvetaux, qui s'étoit fait Berger à la fin de sa vie , & dont la paresse, la philosophie & les chansons pastorales rappelloient assez le génie facile du vieillard de Téos. L'ouvrage tel qu'il est m'a été communiqué, il y a quelques mois, par M. Ligniville, actuellement à Lyon. Il est neveu de ce même Desyvetaux, & m'a assuré que son Oncle étoit le véritable Auteur d'*Anacréon Citoyen*. Quoi qu'il en soit, cette piece m'a paru piquante, par le mélange heureux de la morale & de la volupté.

Le trait d'ailleurs eſt absolument historique. Hypparchus, fils de Pisistrate, envoya à Téos un Vaisseau à cinquante rames, avec des lettres fort civiles, par lesquelles il conjuroit Anacréon de passer la mer Egée, & de faire un voyage à Athenes. Voyez Suidas, Hérodote & Bayle.

* *
*

ANACRÉON,
CITOYEN.

PISISTRATE expiroit, & le peuple d'Athènes
Du royaume, agité par divers intérêts,
A son fils Hyparchus abandonnoit les rênes.
Quoiqu'à peine il comptât quatre lustres complets,
Il étoit bienfaisant, il aimoit la justice.
Son cœur formoit déjà mille utiles projets :
Mais l'art de gouverner veut un long exercice.

A ij

Il falloit subvenir aux besoins du moment,
Des méchans en crédit anéantir les trames;
Sans aigrir les esprits, réformer brusquement,
Des Ministres des Dieux concilier les ames,
Faire espérer le peuple, avoir pour soi les femmes
Dont l'avis influoit dans son Gouvernement;
Il falloit débrouiller le chaos des affaires,
Des Vautours de l'État rogner un peu les serres;
Discerner les cœurs vrais des cœurs intéressés,
Chercher, & recueillir dans un dédale immense
Les germes de bonheur qu'on avoit dispersés;
Ces travaux ont souvent effrayé la prudence,
Et les plus clairvoyans y sont embarrassés.

En ces jours orageux, on parloit dans la Grèce
D'un Philosophe aimable, oublié par le tems.
Téos avec orgueil célébroit ses talens,
Son Luth harmonieux, présent de la mollesse,
Son paisible abandon, & ses goûts nonchalans,
Et ses rians écrits, dictés par la sagesse.
Cet ami d'Apollon, loin des Cirques vantés,

De leurs plaisirs si faux , de leurs pompes si vaines ;
Assis dans ses bosquets, auprès de ses fontaines ,
Cultivoit les vertus au sein des voluptés,
Et laissoit la fortune aux intriguans d'Athènes.

VOILA , dit Hyparchus, le conseil que je veux.
Je ne souffrirai point, quoi que ma Cour me dise,
Qu'un méchant me corrompe ou qu'un pédant m'instruise.
Je desire un Mentor, qu'environnent les jeux,
Qui, malgré sa science, ait l'esprit d'être heureux,
Et par un doux chemin au bonheur me conduise.
Partez, obéissez, cherchez Anacréon :
On a de trop d'ennuis fatigué mon enfance ;
Je veux qu'avec adresse égayant la leçon,
Et cette gravité qui suit l'expérience,
Un sage, en raisonnant , fasse aimer la raison.

DES Galères déjà sur les flots sont lancées.
Hyparchus a remis des lettres de sa main.
Au Chantre de Téos elles sont adressées;
Il l'invite en ami , bien plus qu'en Souverain.

On aborde, on s'empresse, on le découvre enfin;
Couché tranquillement à l'ombre d'une treille,
Laissant tomber des fleurs de sa débile main,
Le front enluminé d'une couleur vermeille,
Peignant un cœur joyeux dans un sommeil serein.
Lycoris soutenoit sa tête chancelante,
L'ornoit de myrthes verds, la posoit dans son sein,
Déroboit un baiser sur sa bouche riante,
Et sembloit en secret s'applaudir du larcin.
Les Zéphirs qu'enchaînoient ces rives fortunées,
Agitoient ses cheveux blanchis par les années:
Près de lui s'exhaloient les parfums les plus doux;
Les oiseaux de ses bois suspendoient leur ramage,
De sa félicité tout retraçoit l'image,
Et le plus heureux Prince en eût été jaloux.

Il s'éveille, on accourt, il lit...Est-ce un mensonge?
D'où me vient cet écrit? quel est cet appareil,
Dit-il? Sous ces berceaux je me livre au sommeil
J'y retrouve un plaisir dans la douceur d'un songe,
Et la faveur d'un Roi m'attendoit au reveil!

Il élude, il refuse : il relit & balance....
Lycoris le regarde ; il cede à Lycoris.
Mandé par une Cour , retenu par les Ris ,
Les Ris sont toujours prêts d'avoir la préférence.
Puis soudain il se dit : ne vit-on que pour soi ?
Hyparchus est aimable ; Hyparchus m'intéresse.
Monarque & Citoyen, il est sacré pour moi.
Allons , il faut le voir, l'humanité m'en presse ;
Il faut, mettant ma gloire à lui prouver ma foi,
Par ce brillant exil honorer ma vieillesse ,
Et faire mille heureux , en conseillant un Roi.
Dans ces réflexions quelque temps immobile,
Il se décide & part : Lycoris dans ses bras
Le retient, l'attendrit, & ne le fléchit pas.
Les reproches sont vains & la plainte est stérile.
Mais, cachant la douleur qui le suivra toujours,
Il tourne encor les yeux vers ce charmant asile,
Solitaire témoin de ses longues amours ;
Le calme est sur son front, son cœur n'est pas tranquile ;
Et, risquant à regret un reste de beaux jours,
Il s'arrache au bonheur, dans l'espoir d'être utile.

Le Vaisseau qui le porte est couronné de fleurs;
Respectant le destin d'une tête chérie,
Les flots à peine émus par les vents protecteurs,
S'ouvrent facilement sous la main des Rameurs:
Sous un autre Arion la mer est aplanie.
D'Athènes qui l'attend il va combler les vœux.
Vers lui le peuple vole, Hyparchus le devance.
Venez, dit-il, venez, Sage voluptueux,
Mon guide, mon appui, ma plus chere espérance;
Liguons-nous pour le bien, & gouvernons tous deux.

Anacréon surpris entre ses bras s'élance;
Mais enfin ce Nestor du Pinde & de Paphos,
Revenu de son trouble après un long silence,
Sourit à son Eleve, & lui parle en ces mots:

Prince, jusqu'à présent, j'ai, ne vous en déplaise,
Vécu dans mes jardins, bien plus que dans les Cours.
J'aime beaucoup les lieux où l'on pense à son aise,
Où l'on trompe l'envie en cachant ses amours;
Car je conserve encor les erreurs du bel âge:

J'ai

J'ai de l'aveugle Dieu retenu le bandeau;
Le cœur ne vieillit point ainsi que le visage,
Et des illusions l'essain jeune & volage
Me suit sur le penchant qui m'entraîne au tombeau.

Du Trône & de ses Loix j'ai peu d'intelligence;
Mais je suis sans parti, sans intérêt, sans fard:
Le zele près de vous tient lieu de connoissance,
Et j'aime un jeune Roi qui consulte un vieillard.
Causons: l'art de régner qui paroît si terrible,
N'est que l'art, selon moi, d'être juste & sensible.
Un Monarque est un pere, ou veut le devenir.
Prompt à récompenser, il est lent à punir,
Et, ne pouvant tout voir, tout juger par lui-même,
Contraint de partager le poids du Diadéme,
Une de ses vertus est de savoir choisir....
C'est celle de votre âge, & je vous la conseille.
Promettez-moi de fuir ces mortels caressans
Qui des molles vapeurs d'un délicat encens
Offusquent par degré la vertu qui sommeille;
Si la vôtre s'endort..... le Peuple a cent Tirans.

B

Cher Prince, aimez le Peuple ; allegez sa misere.

Un Sage veut le bien, les Rois doivent le faire.

Fêtez les Citoyens plus que les Courtisans.

Téos vous le dira, je ne suis point severe :

Mais je ne voudrois pas qu'on flétrît des penchans

Qui promettent en vous du bonheur à la terre.

A de tranquilles soins consacrez vos beaux jours.

Evitez, s'il se peut, les horreurs de la guerre.

Injuste ou légitime, on en souffre toujours :

C'est un art meurtrier, il ne pourra vous plaire ;

Mars est un Dieu cruel qui fait peur aux Amours.

J'aime bien mieux les jeux des doctes immortelles.

Environnez leurs fronts des palmes de la paix ;

Secondez leurs travaux, protegez leurs succès,

Et l'austere avenir, prononçant après elles,

Vous ceindra d'un laurier qui ne mourra jamais.

Nous autres chansonniers, que par fois on dédaigne,

Nous avons notre prix , vainement disputé.

Brillants avant-coureurs de l'immortalité ,

Il faut qu'on nous chériffe, ou du moins qu'on nous craigne.

Et l'écho de nos voix, quand nous parlons d'un regne,

Répond & retentit dans la postérité.

Ouvrez donc aux neuf Sœurs des abris tutélaires,

Encouragez leur zèle à des progrès nouveaux,

Et croyez qu'en dépit de vos nobles chimères,

On n'a point de plaisir à régner sur des sots.

Sur un front de vingt ans illustrez la Couronne,

Puisez dans votre cœur les maximes du Trône;

La triste expérience endurcit trop souvent.

L'instinct seul des vertus conduit mieux la jeunesse

Que des préceptes vains, emportés par le vent.

La sensibilité fait plus que la sagesse....

Mais sur-tout, soyez gai; c'est un de mes desirs,

Le méchant ne rit point; tous les tyrans font tristes.

De ces infortunés pourquoi grossir les listes ?

Loin de moi la grandeur qui défend les plaisirs.

O Rois, que je vous plains ! le dégoût vous dévore :

Il se traîne avec vous au fond de vos palais ;

Il vous rend importun l'éclat qui vous décore.

Ce monstre à vos côtés vient s'asseoir sous le dais ;

Dans le sein de l'amour il vous poursuit encore.....

Voulez-vous un plaisir qui ne s'use jamais,

B ij

C'est à table sur-tout que brille Anacréon....
Et je vais, s'il vous plaît, souper avec la Reine.
Je veux en son honneur vuider plus d'un flacon :
Je veux, de mon vieux Luth arrachant quelque son,
Que mes derniers accents puissent la rendre vaine,
Vous eutes les Conseils, elle aura la Chanson.

REPONSE[*]

DE NINON

A UN COMTE RUSSE.

Quoi qu'en ait dit votre sot Genre-humain,
Je tiens toujours à ma Philosophie.
J'en conviendrai, j'eus l'esprit libertin:
Ce fut par choix, plus que par fantaisie;
Et je voudrois en reprendre le train,
Pour vous payer de votre apologie.
Mais, le Léthé, tempérant nos ardeurs,
Nous investit de son onde mourante;
Sous nos berceaux il verse les langueurs.
Avec ses flots c'est l'ennui qui serpente.

---

[*] Cette réponse a été attribuée à M. DORAT.

Vous le savez ; une ombre ne peut rien
Que regretter l'amour & ses caresses,
Ses premiers feux, l'heureux tems des foiblesses ;
Ce tems si court que j'employai si bien !
Une ombre, hélas ! froidement immortelle,
Au doux plaisir ne peut tendre les bras,
Ne peut aimer, ni même être infidelle ;
Et l'impuissance est l'Enfer d'ici bas.

CAUSONS du moins & faisons connoissance.
Eh ! depuis quand vos éternels glaçons
Aux jolis vers donnent-ils la naissance ?
Les ris, le goût, la gaité de la France
S'envolent-ils vers de froids horisons ?
On m'a souvent raconté sur ces rives
Que votre Czar, soi-disant Créateur,
Voulut polir vos ames inactives,
Et détruisoit pour être fondateur.
Guidés tous deux par l'amour des conquêtes
Moi je tournois, & lui, coupoit des têtes.
Rien n'est moins gai qu'un tel Législateur.

AUX

Aux doctes Sœurs il faut plus de clémence,
Un sol, des mœurs, des climats tempérés,
Et du repos & de la tolérance :
Le Knout sied mal à leurs loisirs sacrés.
Mais, à présent le Nord se civilise,
Je le vois bien : c'est que chez vous, dit-on,
L'autorité fait fleurir la raison;
Et que le Trône en impose à l'Eglise.

Le trône est bon; le boudoir a son prix.
* * * *..... en étoit convaincue.
C'est-là souvent qu'à l'Amour seul rendue,
Elle admettoit ses jeunes favoris,
L'essaim des jeux dans ses mains Souveraines
De son Etat venoit brouiller les rênes.
Elle accordoit bien politiquement
Les doux secrets avec les pompes vaines,
L'art de régner, le Ministre & l'Amant,
Les nuits, les jours, les plaisirs & les peines,
Et son royaume & son tempérament....,
Je le sens bien, j'aurois regné comme elle;

C

Et sûrement vous m'en félicitez.
Vivre n'est rien, sans l'art des voluptés.
Dès le berceau, le désir nous appelle ;
Et Dieu voulut qu'on lui restât fidele :
Sur ce point - là j'ai fait ses volontés.

A mon attrait je pliai mon génie.
Je crus d'abord, en commençant d'aimer,
Qu'un seul objet pouvoit remplir la vie ;
De cet espoir je me laissai charmer ;
J'étois bien tendre, & voulois toujours l'être :
Mais, par degrés, je sentis la langueur,
Et le dégoût se glisser dans mon cœur ;
Je réfléchis, & j'appris à connoître.
Je vis l'amour comme une aimable erreur,
Comme un enfant qui vient pour disparoître,
Fait pour l'ivresse & non pour le bonheur.
Dès ce moment, plus libre & plus sensée,
Je me formai des goûts sûrs & constans.
Pour mes amis, trésor de tous les temps,
Je cultivai mon ame & ma pensée,

J'abandonnai le reste à mes amans.

Je savois l'art de rompre avec décence;

A mes liens savoit-on échapper,

Bientôt ailleurs je savois m'occuper;

Le changement m'adoucissoit l'absence.

Je prévenois avec dextérité

L'instant fatal où la froideur commence,

Et je signois des billets de constance,

Pour mettre un prix à l'infidélité.

Je consultois dans mon indépendance,

Mon cœur.... ma tête, & tous deux bien souvent.

Jamais les rangs, les titres, l'opulence,

S'ils se trouvoient dépourvus d'agrément,

Ne m'arrachoient la moindre préférence.

Le goût dans moi sur l'orgueil prévalut.

Fin, délicat, ayant par excellence,

Le ton qui plaît, St. Evremont me plut.

J'aimai Chaulieu, je dédaignai Chapelle.

Convive heureux, l'un n'étoit qu'amusant,

Et l'autre étoit (mon cœur me le rappelle)

Aussi fripon, mais plus intéressant.

Vous le voyez, j'expose ici ma vie,
Sans intérêt, sans faste, & sans détours.
En la peignant, vous l'avez embellie :
Sans les farder, j'ai décrit mes amours.

Ce ton, ces mœurs, cette philosophie
Fixoient chez moi le plus brillant concours.
La liberté, le goût & la folie
Semoient de fleurs le cercle de mes jours.
Tandis qu'au nom de Louis dit le juste,
On gouvernoit bien déspotiquement,
Qu'on abusoit d'un pouvoir très-auguste,
Et que l'adresse intriguoit sourdement,
Il est bien vrai qu'au sein de la mollesse,
Des arts chéris, d'un paresseux loisir,
D'un calme doux & de la politesse,
Nous rédigions un Code pour jouir,
Code avoué même par la Sagesse.
Le verre en main, on commentoit Platon,
L'instinct pour loi, des roses pour parure,
L'oubli des soins, le riant abandon,

Nous retraçoient les dogmes d'Epicure,
Et sur nos pas l'indulgente raison
Venoit chanter une hymne à la nature.

O Ciel! rends-moi ces jours voluptueux!
Si j'eusse été plus rigide & moins sage,
J'aurois osé porter plus haut mes vœux;
Mais la faveur n'est qu'un exil pompeux;
J'étois au Port, &, pour braver l'orage,
Trop de débris avoient frappé mes yeux.

TENDRE victime, aimable la Valiere,
Qu'amour en pleurs suit encore aujourd'hui
Sous les cyprès de ce bois solitaire,
Quels noirs chagrins ont troublé ta carriere!
Que ton éclat s'est vîte évanoui!
Aussi pourquoi, trop douce & trop sincere
T'avisois-tu d'aimer un Roi pour lui?
De cet abus tu vois quelle est la suite.
En y cédant on se voue à l'ennui,
On vit en dupe & l'on meurt Carmelite.

Pour *** je ne l'aimai jamais.
Prude au cœur faux, se croyant Philosophe,
Et bel esprit sans en avoir l'étoffe,
Elle eut toujours bien plus d'art que d'attraits.
Son air dévot, ses mistiques adresses,
L'activité d'un manege prudent
Sanctifioient ses utiles foiblesses.
Son Confesseur étoit son confident.
Elle mêloit le divin au profane,
Et s'ennuyoit majestueusement
Entre les bras de son auguste Amant,
Reine le jour, & la nuit Courtisanne.
Sa Grandeur même étoit son châtiment.
Mais laissons-là mon siecle pour le vôtre.
Est-on plus doux, plus sage ou plus heureux ?
Cet âge-ci l'emporte-t-il sur l'autre ?
Les sots toujours ont-ils le sort pour eux ?
Fait-on des loix exprès pour les enfreindre ?
S'égorge-t-on dans ce temps comme au mien ?
Les Rois encor se brouillent-ils pour rien ?
Et les bigots sont-ils toujours à craindre ?

Peut-on penser, écrire impunément ?
Quel bien a fait votre Encyclopédie,
De vos progrès éternel monument ?
Vous apprend-elle à chérir la Patrie,
A devenir un plus sensible Amant,
Un fils plus tendre, à surmonter l'envie,
A vous mieux battre. . . . à souper plus gaiment ?
Car les soupers sont l'ame de la vie,
Et sont les fruits d'un bon gouvernement.

Un mot encor : si vous voulez me plaire,
Dépêchez vîte au vieux Anacréon
Qui fit Mérope & fut mon légataire.
Envoyez-lui les vœux de Saint-Aulaire,
De Charleval, du Prieur d'Oleron.
Dites-lui bien qu'on lui garde une place
Entre Lucien, Sophocle & Cicéron ;
Qu'on y lira ses vers si pleins de grace,
Et qu'il fera couronné par Ninon.
Mes yeux ont vu cet astre à son aurore ;
J'ai vu bientôt son essor plus hardi.

Ses derniers feux étincellent encore;
Et son couchant ressemble à son midi.
Ah! de ma part consolez sa vieillesse,
Et mandez-lui qu'il a bien deviné;
Qu'au tribunal de l'auguste sagesse
Pécheur aimable est toujours pardonné;
Qu'elle tolere un tant soit peu d'ivresse,
Un vers malin, un couplet bien tourné,
Et l'amour propre, & même une maîtresse;
Que l'on peut rire, & qu'on n'est point damné.

EPITRE

E P I T R E

A LA LUNE.

Des Nuits fantasque Souveraine,
Toi, qui d'abord en beau croissant,
Parois sous un dôme d'ébène,
Et qui, toujours t'arrondissant,
Comme de raison, deviens pleine ;
Du haut de ton globe argenté,
Ecoute un fou qui de ta grace
Plus d'une fois fut enchanté,
Et qui, s'égarant sur ta trace,
Au doux rayon de ta clarté,
Aime à poursuivre dans l'espace

D

Ta vagabonde majesté.

Quoique le jour te discrédite,
J'ai beaucoup de refpect pour toi,
Depuis que j'ai su qu'on t'habite,
Qu'on extravague sous ta loi,
Que tu contiens dans ton orbite
Des maisons, des clochers qu'on cite,
Des Curés prêchant pour la foi,
Et quelque chose qui s'agite;
Qu'enfin chez toi l'on trouve aussi
Plus d'une Nymphe blonde ou brune,
Et, que tout ce qu'on fait ici,
On peut le faire dans la Lune.

DANS ses loisirs intéressans,
Autrefois le bon Fontenelle,
Fit de l'esprit à tes dépens,
Et t'accabla comme une belle
De Madrigaux assoupissans.
Tu t'es, je crois, bien amusée
Des phioles de Cyrano,

Ce Philosophe en domino,
Digne d'estime & de risée,
Je ne veux point en vérité,
Comme ce Bergerac vanté,
Dans les airs m'ouvrant un passage
Au gré d'un mobile aimanté,
Chez toi faire un second voyage :
Mais je prétends sans verbiage
Avec toi conclure un traité.
Du globe appellé sublunaire
Je suis Plénipotentiaire,
Par d'illustres fous député,
Et nous pouvons parler d'affaire.

Voici le fait. Certain Lutin,
Qui, voyageur très-volontaire,
Sur un beau rayon gris-de-lin,
Va galoppant dans l'Atmosphère,
M'a dit à l'oreille, un matin,
Qu'il te trouve un peu solitaire.
Trop peu de gens meublent ta sphere;

A mon gré ce monde est trop plein,
(Les sots font foule sur la terre,)
Et je voudrois avec raison,
Sauf cependant l'avis d'un autre,
Accrocher à ton tourbillon
Ce qui m'a choqué dans le nôtre.
On dit qu'on mene tout à bien
Avec la puissance attractive :
J'aurai besoin de ce moyen
Pour que, sans te frustrer de rien,
Par les airs notre envoi t'arrive.
Mais convenons : je te préviens,
Sans vouloir employer la ruse,
Que sur ce globe je retiens
Tout ce qui l'instruit, ou l'amuse;
Les bons écrits, les jolis riens,
Nos beaux esprits sans insolence,
Nos agréables libertins,
Nos convives sans pétulance,
Quelques-unes de nos Catins;
La profondeur, l'étourderie,

Le ton, la grace & les travers
De notre bonne compagnie,
Les grands livres, les petits vers,
Zadig, & l'Encyclopédie;
Nos moralistes consommés,
Nos Silphides aux goûts fragiles,
Bâtissant à nos yeux charmés
Les édifices emplumés
De leurs coëffures volatiles:
Les airs de Gluck & de Floquet,
Les arts, les loix, les ariettes,
Buffon, Jean-Jacques & Gresset,
Nos connoissances, nos bluettes,
Ce qu'on admire & ce qui plaît,
Et les Sages, & les Coquettes.
Dût la clause avoir des frondeurs,
En la tenant, fais ton partage.
Attire à toi ces beaux diseurs,
Plaisans surannés d'un autre âge,
Et les martyrs du persifflage,
Dont ils furent les inventeurs;

Ces Poëtes de fantaisie ,
Guerriers, Amans , Auteurs benins,
Qui, dans leur noble frénésie ,
Font gémir de leurs Drames nains
Les tréteaux de la Bourgeoisie ;
Ces Colonels Législateurs ,
Qui, fiers de leurs doctes prouesses ,
Dressent un Code pour les mœurs
Dans le boudoir de leurs maîtresses.

ENLEVE, enleve hardiment
Tous ces enfans si dogmatiques ,
Cadençant des vers satyriques
Dans leur premier bégaiement ;
Nos Corneilles à la bavette ,
Déifiés dans les Journaux ,
Ces Magiciens sans baguette ,
Enchantant un peuple de sots ,
Dont la sottise se repette :
Tous ces espiegles clandestins
Dont la Muse très-occupée

Fait de petits extraits malins
Pour s'élever à l'Épopée;
Ces Athletes infortunés
Qui, se présentant sur l'arène,
De linceuls encapuchonés,
Risquent au grand jour de la scène
Leurs funebres colifichets;
Et du noir charbon des Anglois
Ont barbouillé leur Melpomène.
Prends encor, prends si tu le veux,
Ces Orestes si langoureux,
Aux sens flétris, aux cœurs malades,
Qui, très-passionnés pour eux,
Sont de glace pour leurs Pilades;
Ces Bouffons cités & courus,
Qui pensent enchanter la Ville,
Et prennent le beguin de Gille
Pour la couronne de Momus;
Ces politiques en lunettes,
Qui, guerroyant sur un sopha,
Boudent dans leurs humeurs secrettes;

Ou Cathérine, ou Mustapha,
D'après l'article des gazettes.
Nous te cédons aussi gaiment
Tous ces penseurs à la douzaine
Reglant notre Gouvernement,
Et se donnant bien de la peine
Pour végéter bien tristement.
J'ai lu, je ne sais chez quel Sage,
Que chez toi l'on dort sobrement,
Mais fais-y lire quelque ouvrage
De nos Zoïles d'à présent,
On y dormira davantage ;
Pour cet effet ils sont divins,
Et tout veut que je t'en réponde.
Un feuillet de ces écrivains
Suffit pour assoupir un monde.

ENFIN, si cette offre te plaît,
Eleve à toi ces beaux génies
Qui te conviennent tout-à-fait.
Ces Peuplades, ces Colonies,

Se formeront dans le trajet ;
Et c'est un Univers tout fait,
Qui dans le tien trop imparfait,
Fondera des Académies.

Je compte sur l'attraction ;
Encore un coup, l'affaire est bonne !
Mais trop long-temps je m'abandonne
A te prouver que j'ai raison.

Daigne au moins, pour juste salaire ;
Charmer mes nocturnes loisirs,
Et de ton rayon solitaire,
Eclairer mes plus doux plaisirs !

A tes faveurs je dois m'attendre ;
Que, sous le pâle azur des Cieux,
Ton demi jour voluptueux
Rende Zélis encor plus tendre ;
Et me rende encor plus heureux !

F N.